AF586730

DESCRIPTION D'ERMENONVILLE,

PAR

F. FAYOLLE.

PARIS,
DE L'IMPRIMERIE DE J. B. SAJOU,
Rue de la Harpe, n.° 11.
1811.

Extrait du Magasin Encyclopédique (Avril 1811), Journal pour lequel on s'abonne chez J. B. Sajou, imprimeur, rue de la Harpe, n.° 11.

DESCRIPTION

D'ERMENONVILLE, *en* 1810; *par* F. FAYOLLE.

Tout est beau, simple et grand; c'est l'art de la Nature.
(*Poème des Jardins*, *chant III*).

LE parc d'Ermenonville, avant d'appartenir à M. de Girardin (1), ne présentoit du côté du nord que des plantations alignées à droite et à gauche au milieu d'une plaine maussade et sans accidens. Les coteaux *accentués* qui bordent la vallée étoient sacrifiés à un parterre marécageux, enfermé entre deux labyrinthes de charmille.

Le côté du midi avoit pour perspective une cour entourée de bâtimens. La rue, l'égoût du pays, faisoit la communication du village à un hameau; au delà, un potager

(1) C'est au mois de février 1763, que M. de Girardin vint prendre possession de la terre d'Ermenonville.

Aujourd'hui cette terre, qui renferme plus de seize cents arpens, appartient aux trois fils de M. de Girardin, héritiers des talens de leur père, et jaloux d'achever les embellissemens qu'il avoit commencés.

aquatique, ceint de hautes murailles, étoit terminé par une chaussée revêtue de pierres, et destinée à soutenir les eaux d'un étang; enfin, un double rang de tilleuls elevé sur cette chaussée, coupoit le tableau, et privoit l'œil de deux coteaux couverts de bois (2).

Aujourd'hui tout est changé, et le séjour le plus triste s'est métamorphosé en un superbe jardin. Le contemplatif solitaire, après avoir parcouru ces lieux enchantés, peut s'écrier avec Marnésia :

Dans les champs inféconds créés par Girardin (3),
De l'immortel Milton se retrouve l'Eden.

(2) Voyez la *Théorie des Jardins* de M. Morel, tom. 2, édit. de 1802.

M. Morel veut faire entendre, d'une manière fort adroite, qu'il est le créateur des jardins d'Ermenonville; mais, comme on l'a déja remarqué, le *Temple des Muses* dans le bocage, et les deux ponts du côté du nord, voilà les seuls monumens des travaux de cet architecte à Ermenonville.

(3) C'est au créateur d'Ermenonville, dit Marnésia, « qu'il appartenoit d'enseigner le premier, aux « Français, à composer des paysages. Quelle confiance « ne méritent pas les leçons d'un peintre qui a of- « fert de si grands et de si beaux modèles! M. de « Girardin est remonté de la pratique la plus heu- « reuse à la plus lumineuse théorie. Dans un petit « nombre de pages, il a su faire un livre classique « qui sera toujours étudié. »

L'art y fut appelé : riche sans imposture,
Sa main sut respecter et parer la Nature.
Les prés, les eaux, les monts savamment réunis
Présentent les beautés d'un immense pays.
Je me crus transporté dans l'heureuse Arcadie,
Et je crus mériter de l'avoir pour patrie.

M. de Girardin commença par détruire une demi-lune en tilleuls plantés derrière le château; il en fit autant pour une demi-lune de tilleuls *au Vieux Moulin*. Une allée de tilleuls conduisoit aux bosquets qui environnent *la Tour de Gabrielle*; il ne laissa subsister que quelques platanes et l'allée droite qui mène à la fabrique habitée par le *Cicerone* d'Ermenonville.

Du côté du midi, en face du château, il n'y avoit que des potagers. Maintenant le gazon est agréablement coupé par une rivière; une belle cascade, à trois cents pas du château, tombe blanchissante d'écume, et *le Temple de la Philosophie moderne* apparoît

Non-seulement M. Morel a voulu s'approprier la composition des jardins d'Ermenonville; mais, dans la préface de sa *Théorie des Jardins*, il ne nomme pas une seule fois l'auteur de la *Composition des paysages*. Il passe en revue tous les ouvrages français et étrangers qui traitent de cette matière, et il oublie à dessein celui qu'il devoit citer le premier, et qu'il rappelle davantage au souvenir du lecteur.

dans le lointain sur une éminence ombragée d'arbres touffus.

M. de Girardin a formé le lac qui renferme *l'île des Peupliers*; on lui doit encore et *la Prairie Arcadienne* qui réclame un monument en l'honneur de Sannazar, et les nouvelles plantations d'aunes, traversées en tous sens par des canaux limpides. De ce côté, il n'a conservé que l'allée de tilleuls auprès de *la Brasserie*. S'il avoit vécu plus longtemps, il auroit reculé l'étang jusqu'à la forêt; c'est-à-dire qu'il auroit supprimé la petite rivière qui sépare l'étang de la forêt, et qui n'étoit d'abord qu'un charmant ruisseau, sur le bord duquel on trouvoit un *Autel à la Rêverie*, qui n'existe plus (4).

On peut dire qu'Ermenonville étoit fait

(4) Entre les arbres qui ombrageoient le cours du ruisseau, on apercevoit un autel de forme ronde. « C'est-là, dit-on, que Rousseau, fatigué de sa « promenade, se reposa vers le milieu d'un beau « jour d'été. La solitude des forêts, le murmure mé- « lodieux des eaux, le calme enchanteur qui règne « dans les bois, les plongèrent dans une douce « mélancolie. Bientôt les malheurs qu'il dut à sa « célébrité s'effacèrent de son imagination; il ne se « ressouvint plus que de ces temps où madame « de Warens étoit l'unique objet qui remplissoit « son cœur. Revenu de cet état délicieux, qui se- « roit le bonheur s'il pouvoit durer toujours, l'ame « encore échauffée par ces douces chimères, il s'a-

pour M. de Girardin, et M. de Girardin pour Ermenonville. Aussi, grâce à ce savant compositeur de paysages, ce beau lieu est-il cité comme le modèle unique des jardins naturels. Quel dommage qu'il fût tombé entre les mains d'un anglomane ou d'un amateur de nos jardins anciens! Le premier n'auroit fait que de petites allées tortues des allées droites de la forêt; il auroit supprimé toutes les lignes droites des canaux et des étangs; le Français, au contraire, auroit abattu toutes les parties pittoresques pour les rendre régulières, et auroit voulu que tous les étangs fussent bordés de lignes droites. Ermenonville, qui fait l'admiration des étrangers par son ensemble magnifique et le contraste de tous ses détails, seroit devenu le pays le plus monotone de l'univers (5).

« vance d'un pas chancelant vers l'autel, il trouve
« ces vers de Voltaire :

« Il faut penser, sans quoi l'homme devient
« Malgré son ame un vrai cheval de somme :
« Il faut aimer, c'est ce qui nous soutient;
« Qui n'aime rien n'est pas digne d'être homme. »

« Encore ému par ce qu'il venoit d'éprouver,
« il prend un crayon, il écrit : A LA RÊVERIE.
« Tous les mots échappés à ce grand homme mé-
« ritoient d'être gravés. Les vers de Voltaire furent
« effacés, et le burin consacra cette inscription qui
« peignoit si bien le caractère de cet endroit. »

(5) A l'époque où nous n'avions en France que le goût des colifichets, où Boucher régnoit dans la

Le château placé presqu'au centre du parc, coupe la vallée en deux parties, dont l'une est sauvage et l'autre champêtre.

Le château est mal construit. Il est flanqué de quatre tours dont on va bientôt abattre les toits pour y pratiquer des terrasses. M. de Girardin se proposoit de le rebâtir à la romaine (6).

peinture comme Dorat dans la poésie, les jardins anglois furent à la mode. On ne vit que rivières sans eau, que montagnes au milieu des plaines, ou plaines sur les débris des montagnes. Mousseaux, ou la *Folie de Chartres* en est l'exemple le plus frappant. M. de Tressan s'y promenoit un jour; il s'écria à l'aspect d'un monticule : *voilà bien la montagne la plus propre à enfanter une souris!* Le jardin Boutin, nommé si improprement *Tivoli*, étoit coupé de rivières presqu'à sec. Mademoiselle Arnould, en voyant une de ces rivières, dit à quelqu'un : *Ceci ressemble à une riviere comme deux gouttes d'eau.*

(6) Par rapport aux châteaux et aux fabriques des jardins qui ne sont point encore en France ce qu'elles pourroient devenir, voici des observations de M. Alexandre de la Borde, qu'on me saura gré de rapporter.

« Il est extraordinaire de rencontrer, au milieu « de fort beaux parcs, des habitations mal conçues « et mal situées. S'il ne s'agissoit que de les rebâ- « tir, rien ne seroit plus facile, au degré de per- « fection où se trouve portée l'architecture en France; « mais l'état des fortunes en général permet tout au « plus de les réparer : c'est alors que, pour leur « donner un aspect agréable, il est bon de recourir

La rivière de la Nonette (7) passe sous un pont de bois qui communique aux deux

« à quelque modèle qui puisse s'adapter à ces an- « ciens édifices ; et ces modèles existant en France « dans nos vieux châteaux chevaleresques, et dans « ceux de la renaissance des arts sous François I, « du mélange de ces deux époques, il me semble « qu'il seroit facile de composer un style gothique « qui conviendroit peut-être mieux que l'architecture « grecque à nos mœurs, au genre de nos habitations « et au peu de dépense que l'on est à même d'y « consacrer. Ce style gothique, ou plutôt arabe, « s'adapte à toutes les constructions, parce qu'il n'est « soumis à aucune règle sévère, et ne dépend d'au- « cune proportion fixe. Son désordre même a quel- « quefois du charme et plaît au milieu des as- « pects irréguliers de la campagne. Il convient « mieux à nos mœurs, parce qu'il permet des dé- « gagemens plus commodes, des jours plus multi- « pliés, et toutes les combinaisons que demandent « nos usages. Il convient mieux à nos campagnes, « parce que ces formes perpendiculaires, ces tours « à créneaux, ces clochers pointus coupent la ligne « de l'horizon : tandis que l'architecture grecque, « plus abaissée et plus horizontale, se confond or- « dinairement avec elle. Ces différentes considéra- « tions l'ont fait adopter généralement en Angleterre; « et ce pays lui doit une réunion d'habitations dont « l'élégance et la variété s'accordent parfaitement « avec les sites de la campagne. »

(*Discours sur la Vie de la campagne et la Composition des jardins*, pag. 153).

(7) La Nonette a sa source près de Nantheuil; c'est elle qui, dans le parc de Chantilly, se partage

parties du village. Elle tombe en cascade vis-à-vis du château, en remplit les fossés, et poursuit sa route au milieu d'une vaste prairie, où son onde coule à fleur de terre.

En sortant du château du côté du midi, on suit, à gauche le long de la rivière, un sentier ombragé qui mène à la Grotte de la Cascade (8).

Sous un antre formé de rochers menaçans,
Des flots de la cascade à l'envi jaillissans
La mousse hospitalière est baignée à toute heure :
Les Nymphes ont choisi cette fraiche demeure (9).

en cascades, en nappes d'eau, en étangs; elle répand dans ces lieux une fraîcheur délicieuse, embellit une multitude de demeures champêtres, sert des manufactures, et se jette dans l'Oise. (Voyez la *Description du département de l'Oise*, par CAMBRY).

(8) Les rochers qui sont auprès de la cascade paroissent y avoir existé de tout temps; et cependant c'est M. de Girardin qui les y a fait placer. Le moyen qu'il a employé est fort simple : il consiste *à chercher dans la campagne des rochers dont les formes soyent heureuses et pittoresques; à les faire casser ensuite en masses assez petites pour en rendre le transport facile, à les numéroter et à les rapporter sur le terrain dans le même ordre. On bouche ensuite les cassures avec de la mousse.*

(9) Ces vers sont librement imités de ceux-ci.

Fronte sub adversâ scopulis pendentibus antrum :
Intus aquæ dulces, vivoque sedilia saxo;
Nympharum domus.

(*Eneid.*, liv. 1).

Là retentit dans l'air le doux chant des oiseaux
Et le bruit écumant de la chûte des eaux.

C'est là que j'ai *respiré*, suivant l'expression d'un poète, *la poussière humide de la cascade* (10).

Au dessus de la grotte, et à l'autre extrémité de l'allée qui conduit à *la Brasserie*, est un endroit préparé pour le tombeau de M. de Girardin, et où s'arrêta la reine Marie-Antoinette, lorsqu'elle vint visiter Ermenonville, peu de temps après l'empereur Joseph II.

(10) C'est le poète Bertin qui, dans une épître, s'écrie, en s'adressant à Horace :

J'irai dans les champs de Sabine,
Sous l'abri frais de ces longs peupliers
Qui couvrent encor la ruine
De tes modestes bains, de tes humbles celliers ;
J'irai chercher, d'un œil avide,
De leurs débris sacrés un reste enseveli ;
Et, dans ce désert embelli
Par l'Anio, grondant dans sa chûte rapide,
Respirer la poussière humide
Des cascades de Tivoli.

Longtemps après Bertin, M. DELILLE a dit dans le poème de l'*Imagination*, chant IV :

Je vole avec Horace aux vergers de Tibur,
Aux lieux où l'Anio, dans sa chûte rapide,
Verse au loin la fraîcheur de sa poussière humide.

Joseph II parcourut en 1777 les jardins d'Ermenonville. A l'entrée du *Désert*, on voit la grotte où il se mit à l'abri de l'orage. Cette anecdote étoit consacrée par une mauvaise inscription, qui heureusement est effacée. Mais de ce point de vue, on découvre au pied des rochers un lac aboutissant au *Vieux Moulin*, la *Tour de Gabrielle* à demi-cachée par les arbres, et, dans le lointain, la tour ruinée de Mont-Epiloy, le village de Beaulieu et celui de Rosières.

La visite de Joseph II a laissé un long souvenir aux habitans d'Ermenonville. Ce prince a dîné dans une maison du village. On lit ces vers au dessus de la porte (11) :

Préférer aux palais cette simple chaumière,
Y déposer des rois le faste et la grandeur,
De ses hôtes charmés honorer la candeur,
Auprès d'eux conserver l'égalité première,
C'est ce qu'a fait un prince........

Ermenonville, déja célèbre par la beauté des sites et par les pas des souverains, le devint bien davantage par le séjour de J. J. Rousseau, par la mort de ce grand homme, et surtout par son tombeau. C'est dans le

(11) On lit aussi : « Gustave III, roi de Suède, « dîna dans cette chaumière le 20 juillet 1784. »

coin de terre le plus favorisé de la nature que dut reposer son plus éloquent interprète (12).

Le tombeau est placé au milieu de *l'Ile des Peupliers*. Sur une des faces, le ciseau ingénieux de Lesueur a représenté le premier âge de la vie ; sur l'autre face, la Vérité nue tient dans sa main un flambeau.

Sur ce marbre chéri que j'éprouvai de charmes!
Je le couvris de fleurs, je le baignai de larmes.
J'y voyois folâtrer des enfans citoyens :
L'un du maillot brisé dispersoit les liens;
D'autres fouloient aux pieds leur indigne esclavage,
Et de leur liberté remercioient le sage.
Ici pendoit au sein de la fécondité
Un Emile nouveau par ses soins allaité;
Là tonnoit l'éloquence, et plus loin l'harmonie
De Rousseau sur sa lyre appeloit le génie (13).

Comment sortir de l'*Ile des Peupliers* sans

(12) Pendant les six semaines que Rousseau a vécu à Ermenonville, il se promenoit, dit-on, tous les matins. Il faisoit ordinairement le tour de l'île où est maintenant son tombeau. Il aimoit beaucoup à causer avec les ouvriers; mais persuadé que leur salaire est toujours dans la plus stricte porportion avec leurs besoins, il ne leur faisoit jamais perdre de temps sans les en dédommager. Il portoit sur lui de petits cornets de tabac et les leur distribuoit.

(13) Ces vers sont de l'infortuné Desorgues, qui vient de mourir à Charenton.

rappeler les beaux vers du poème de l'*Imagination* qui terminoient l'épisode de J. J. Rousseau, et que le poète a retranchés du VI.ᵉ chant (14).

(Il s'adresse à Rousseau):

Malheureux! le trépas est donc ton seul asile!
Ah! dans la tombe au moins repose enfin tranquile.
Ce beau lac, ces flots purs, ces fleurs, ces gazons frais,
Ces pâles peupliers, tout t'invite à la paix:
Respire donc enfin de tes tristes chimères.
Vois accourir vers toi les époux et les mères;
Vois ce groupe d'enfans s'égayant sous l'ombrage,
Qui de leur liberté viennent te rendre hommage (15);
Et dis, en contemplant ce spectacle enchanteur:
Je ne fus point heureux, mais j'ai fait leur bonheur.

Non loin de *l'Ile des Peupliers,* on découvre le *Temple de la Philosophie moderne,* placé sur une hauteur au bord de la forêt. M. de F......, dans une note de son poème du *Verger*, demande pourquoi on a placé *le Temple de la Philosophie mo-*

(14) C'est sans doute à cause de la translation des cendres de Rousseau au Panthéon. L'auteur, qui *prend date* de tout ce qu'il compose, auroit bien dû conserver ce morceau.

(15) Rousseau est le premier en France qui se soit élevé contre l'usage barbare du maillot.

derne dans un lieu où l'on ne veut être que le copiste de la nature. On peut lui répondre, avec M. Mayer, qu'en sortant d'une vallée délicieuse pour arriver au Temple, ce passage de la nature à la philosophie est très-ingénieux (16).

Entrons dans *la Prairie Arcadienne*, nous serons transportés au siécle pastoral, si bien chanté par Gresset (17).

Le bon Jean-Jacques fut doucement ému

(16) Je suis persuadé que M. de F..... a été visiter Ermenonville par un mauvais temps et une mauvaise route : son esprit étoit mal disposé pour en sentir les beautés; s'il y retournoit à present, il changeroit, à coup sûr, la note de son poème.

Un autre poète mérite, à l'égard d'Ermenonville, non le reproche de la critique, mais celui du silence.

Dans une très-belle ode intitulée le *Triomphe de nos Paysages*, LEBRUN glisse légèrement sur les deux lieux qui appartenoient le plus à son sujet :

Je voulois chanter sur ma lyre
Ermenonville et Chantilly;
Mais le Printemps vient de sourire
Dans les bocages de Marly.

(17) On retrouve, dans l'idylle du *siécle pastoral*, cette simplicité antique, cette suavité d'images et d'expressions qui font le charme des vers de Virgile, et dont Gresset sembloit ne pas se douter en traduisant les *Bucoliques*.

à la lecture de l'idylle sur *le siécle pastoral;* et, pour prolonger son émotion, il laissa couler de sa plume ces vers qui forment une suite à ceux de Gresset :

Mais qui nous eût transmis l'histoire
De ces temps de simplicité?
Etoit-ce au temple de Mémoire
Qu'ils gravoient leur ſélicité?

La vanité de l'art d'écrire
L'eût bientôt ſait évanouir;
Et, sans songer à la décrire,
Ils se contentoient d'en jouir.

Des traditions étrangères
En parlent sans obscurité;
Mais dans ces sources mensongères
Ne cherchons point la vérité.

Cherchons-la dans le cœur des hommes,
Dans ces regrets trop superflus,
Qui disent dans ce que nous sommes
Tout ce que nous ne sommes plus.

Qu'un savant, des faſtes des âges,
Fasse la règle de sa foi;
Je sens de plus sûrs témoignages
De la mienne au-dedans de moi.

Ah! qu'avec moi le ciel rassemble,
Appaisant enſin son courroux,
Un autre cœur qui me ressemble!
L'âge d'or renaîtra pour nous.

En revenant sur ses pas, on passe près du gros hêtre autour duquel un orchestre champêtre dirige le dimanche les danses du village, et l'on arrive au chemin de sable qui sépare la forêt du *Désert*.

On entre dans *le Désert* par la porte d'une chaumière. Au dessus, on lit l'inscription : *Charbonnier est maître chez lui*.

Rousseau avoit pris en affection un des fils de M. de Girardin; il herborisoit avec lui dans les diverses parties du parc, surtout dans *le Désert;* il se rendoit ensuite à la cabane qui porte son nom. Elle est située au sommet des rochers; et, derrière elle, s'étend une forêt de pins. De là, on voit couler un étang très-large, et dont les contours sinueux se terminent à une fabrique appelée *le Vieux Moulin*, parce qu'elle formoit autrefois un moulin à eau. On l'a remplacée par un moulin bâti à quelque distance, et construit dans le goût moderne.

Des points les plus élevés du *Désert*, se déploye aux regards une immense perspective: ici, des bouquets de peupliers isolés qui font des repoussoirs; là, des aspects romantiques, et plus loin des villages formant le cadre de ce grand tableau.

Du haut de ces coteaux, de ces monts d'où la vue
D'un vaste paysage embrasse l'étendue,

La Nature au Génie a dit : « Ecoute-moi :
« Tu vois tous ces trésors, ces trésors sont à toi.
« Dans leur pompe sauvage et leur brute richesse,
« Mes travaux imparfaits implorent ton adresse. »
Elle dit. Il s'élance, il va de tous côtés
Fouiller dans cette masse où dorment cent beautés.
Des vallons aux coteaux, des bois à la prairie,
Il retouche, en passant, le tableau qui varie;
Il sait, au gré des yeux, réunir, détacher,
Eclairer, rembrunir, découvrir ou cacher.
Il ne compose pas; il corrige, il épure,
Il achève les traits qu'ébaucha la nature.
Le front des noirs rochers a perdu sa terreur;
La forêt égayée adoucit son horreur.
Un ruisseau s'égaroit, il dirige sa course;
Il s'empare d'un lac, s'enrichit d'une source.
Il veut, et des sentiers courent de toutes parts
Chercher, saisir, lier tous ces membres épars,
Qui, surpris, enchantés du nœud qui les rassemble,
Forment de cent détails un magnifique ensemble.

Poème des Jardins, chant I.

Après avoir parcouru *le Désert*, exposé à toute l'ardeur du soleil, qu'il est doux d'essuyer son front à la fraîcheur du *Bocage !*

Cet endroit forme le contraste le plus parfait avec les sites montagneux et sauvages que l'on vient de quitter : on trouve, à l'entrée, *le Temple des Muses et du doux Loisir*.

L'ami de la nature, au fond de ce bocage,
Soupire avec l'amant, médite avec le sage.

Tout y rappelle ces lieux de délices nommés *Nymphea*, qui réunissoient la limpidité et la fraîcheur des eaux à la hauteur des arbres.

Quà pinus ingens, albaque populus
Umbram hospitalem consociare amant
Ramis, et obliquo laborat
Lympha fugax trepidare rivo (18).
HORAT., od. 3, l. 2.

Au pied d'une grotte où règne une fraîche obscurité *(frigus opacum)*, coulent des eaux murmurantes, et sept petites sources y bouillonnent sans cesse en soulevant le sable qui les couvre.

On ne quitte qu'à regret le gentil ruisseau du bocage, et le bassin de la fontaine où se joue la carpe dorée, et les routes étroites obombrées par des voûtes de feuillage. A son extrémité un bac vous attend pour vous passer dans l'île où est située *la Tour de Gabrielle*.

(18) DELILLE a heureusement imité ces vers dans le chant IV *de l'Homme des Champs* :

Horace nous décrit en vers délicieux
Ce pâle peuplier, ce pin audacieux,
Ensemble mariant leurs rameaux frais et sombres,
Et prêtant *au buveur* l'hospice de leurs ombres ;
Tandis qu'un clair ruisseau, se hâtant dans son cours,
Fuit, roule, et de son lit abrège les détours.

La forme gothique de la tour (19), le petit salon de forme ovale et qui se termine en donjon, le costume des ameublemens partout observé avec une vérité frappante, transportent le spectateur au siécle de Gabrielle et de Henri IV, de ce monarque qui fut populaire avec tant de dignité, et dont tout l'eloge est renfermé dans ce vers :

Seul roi de qui le pauvre ait gardé la mémoire.

La Tour de Gabrielle étoit dans l'origine un rendez-vous de chasse : Henri IV en fit un rendez-vous d'amour. Cet endroit est plein de tendres souvenirs.

Amour! dans ces beaux lieux chaque objet te rappelle!
On croit y suivre encor les pas de Gabrielle.
Partout on y revoit, sur le roc attendri,
Le nom de Gabrielle et le nom de Henri (20).

Au rez-de-chaussée du bâtiment, dans la salle à manger, une table ronde est percée

(19) Dans la partie supérieure de cette tour, on avoit placé un orgue qui, dans les belles soirées d'été, enchantoit les allées du bois dont l'île est environnée.

C'est là que les élèves de la maison de Juilly exécutèrent, en 1790, plusieurs strophes du *Cermen Seculare* de PHILIDOR.

(20) Ces vers sont tirés du poème de MARNÉSIA sur *les Paysages*.

au milieu par le pilier de la voûte. En 1780, Sedaine dînant en ce lieu avec M. de Girardin et plusieurs de ses amis, écrivit au dessert, sur le pilier, ce couplet impromptu :

Air : *Charmante Gabrielle.*

De ce bon Henri-Quatre
Vous voyez le séjour,
Lorsque las de combattre
Il y faisoit l'amour.
Sa belle Gabrielle
Fut dans ces lieux,
Et le souvenir d'elle
Nous rend heureux.

A l'ouest de *la Tour de Gabrielle* est *la maison du Vigneron.* Le vigneron occupoit en effet le rez-de-chaussée, lorsque le coteau étoit planté de vignes ; mais, comme cette culture ne prend pas dans un terrain sablonneux, on y a substitué des pins qui s'y multiplient d'eux-mêmes, partout où le vent sème la graine de leurs pommes ouvertes aux rayons du soleil.

La tourelle, au premier étage, formoit un cabinet pour M. de Girardin et sa compagnie, à l'époque de la vendange. Aujourd'hui cette maison est inhabitée ; elle ne sert que pour les divers points de vue qu'elle présente, tant du côté du *Désert*, des étangs et du bois; que du côté des plaines, du château et du village.

Avant d'arriver au château, il faut passer par le verger (21), où l'on remarque une maison rustique que M. de Girardin avoit fait construire, et qu'il destinoit au citoyen de Genève : ce dernier mourut trop tôt pour pouvoir l'habiter. J'ai vu le pavillon du château où ce grand génie s'est éteint. Le fils aîné de M. de Girardin a laissé ce logement vacant, et tel qu'il étoit en 1778. Voilà encore les chenets de Rousseau, sa table, son lit et le fauteuil où il a expiré; voilà la fenêtre

(21) En sortant du verger pour revenir au château par la plaine, on voit les terres divisées en petites cultures, que M. de Girardin a cédées aux habitans de sa commune. Sans la révolution, il auroit exécuté le projet qu'il avoit conçu de diviser, en différens enclos, la partie de la plaine la plus proche du village, et d'y faire bâtir des métairies pour les donner aux gens les plus vertueux de la paroisse. Il vouloit encore établir un prix d'encouragement pour augmenter l'émulation, et tâcher, par des essais sur l'agriculture, d'approcher des Anglois dans un art qu'ils ont tant perfectionné (Voyez *la Promenade* ou *Itinéraire d'Ermenonville*, par MÉRIGOT fils, 1789, in-8.°).

Si la devise *non omnis moriar* n'est point une chimère, c'est surtout pour le citoyen généreux dont les bienfaits vivront éternellement dans la mémoire des hommes.

qu'il fit ouvrir au moment où *le soleil reçut ses derniers adieux.*

Le seigneur d'Ermenonville a son habitation particulière vis-à-vis le pavillon de Jean-Jacques Rousseau. Il est, pour ainsi dire, toujours en présence du grand homme dont il a recueilli les leçons, et qui lui a légué ses vertus.

www.ingramcontent.com/pod-product-compliance
Lightning Source LLC
LaVergne TN
LVHW052026160826
845678LV00003B/1228

* 9 7 8 2 3 2 9 6 4 2 6 5 9 *